SALAH EL KHALFA BEDDIARI

100 MOTS D'AMOUR ET DE LUMIÈRE

POÉSIE

Dépôt légal, 2024, Imprimé au Canada
Révision : S.E.K. Beddiari
Couverture : Essai de calligraphie, Artiste inconnu, XVIe siècle
Édition électronique : S.E.K. Beddiari

Les Éditions BEROAF
1975, Boul René-Lévesque O., # 204, Montréal, Québec, H3H2R3
Tél. 438 878 9195, www.beroaf.com
Courriel : beddiaris@gmail.com
Catalogage avant publication de Bibliothèque et Archives nationales du
Québec et Bibliothèque et Archives Canada
Données de catalogage avant publication
(Canada) Beddiari, Salah el Khalfa, 1958-
Cent mots d'amour et de lumière (Collection Poésie)
Epub : ISBN 978-2-924206-07-2
ISBN 978-2-924206-06-5
I. Titre. II. Titre : Cent mots d'amour et de lumière.
PS8553.E305C46 2014 C841'.6 C2013-942737-6
PS9553.E305C46 2014

BEROAF Distribution
Pour le Québec, le Canada, la France et les États-Unis :
Dépôt légal : 2e trimestre 2024
Bibliothèque nationale du Québec
Bibliothèque nationale du Canada

Du même auteur

La mémoire du soleil, Montréal, l'Hexagone, coll. « Poésie », 2000.

Chant d'amour pour l'été, Montréal, l'Hexagone, coll. « Poésie », 2001.

Écrire contre le racisme, Montréal, Les 400 coups, Collectif, 2002.

L'insaisissable Être ou La quête de l'Autre, Montréal, les2002.

Adel le Sémite, Montréal, les Éditions Beroaf, « Poésie », 2013.

Titres et sentences, Montréal, les Éditions Beroaf, « Poésie », 2013.

Le Joueur, Montréal, les Éditions Beroaf, « Roman », 2013.

Adel, l'apprenti migrateur, Montréal, Mémoire d'encrier, 2017

1er jour

Pervenche du soir,

Lorsque, en un laps d'éclair, les étoiles fuient le soleil, ta silhouette recrée la nuit et ses voies lactées où l'amour fuse de partout, de tes yeux, de tes lèvres, de tes mains et diffuse sans ciller au cœur de ton public.

2e jour

Bain de lavande,

À l'aube des sens, ton lever prône la lumière comme étendard de l'humain et prêche l'amour comme mode éternelle. Souffle affranchi, tu délivres le passionné, l'aérien comme le terrien.

3e jour

Marguerite des bois,

Comme le soleil, tu entres dans notre univers sans aviser personne. Les tendres paroles du lever, d'entre tes lèvres émises, émerveillent les éveillés et les endormis parmi nous, adeptes et prétendants.

4e jour

Ombre lilas,

Est la parole qu'on livre le matin à la rosée de ton sourire, ton regard occupe alors les mers infinies de nos pensées et les colore des teintes de son parler sans verbe ...

5e jour

Prune pourprée,

Ton regard, une renaissance, scinde le temps en deux hémisphères, une euphorie d'être léché par tes yeux au Sud et un espoir de le demeurer au Nord, indélébile souvenir qui lentement, lentement construit sa lumière dans la mémoire du témoin de ton avènement.

6e jour

Air de printemps,

Le geste de ton faste induit le lever du coucher,
irise la nuit et ouvre la voie du voyage aux
partisans de la passion.

7e jour

Chaude essence,

Pure essence d'amour, tous nos yeux sont
tournés vers ton orient, contemplent et adorent
le geste et son élan qui émanent du firmament
de ta floraison. Ils te hissent jusqu'aux cimes
de leurs mythes sans souffles.

8e jour

Orchidée perlée,

D'un ciel d'errance, tu es la petite caresse de l'aveu, à la veille de l'éclosion de nos sens, à la veille de l'éveil du cœur, à la veille de son effusion.

9e jour

Plaisir discret,

Ta faveur, une saveur, un avant-goût
d'aventure, demeure vive dans la mémoire,
féroce, elle mord tel un fauve notre ère, quand
tombent et le jour et le vent et la garde. La nuit
décrète alors le silence comme serment
d'allégeance à la latence de ta présence.

10e jour

Améthyste,

Éclat éternel d'une raie stellaire, son règne pâlit quand tu apparais et son étincelle file à une folle allure pour rattraper la lumière de ton coucher.

11e jour

Hyacinthe,

Des aurores furtives, le hasard du croisement de nos regards et l'inévitable collision de nos langues mènent à la passion capitale. L'éclair n'est que le premier acte de notre manifeste.

12e jour

Clématite,

Des cendres, sur les terrasses ensoleillées de juin, tu lèches la rosée du cœur des passants en dérobant de leurs espérances, suspendues au flottement de tes mèches, la crainte de t'aborder.

13e jour

Mauve lilas,

Comment s'élève-t-on dans ton amour ? Comment échoue-t-on sur tes rivages ? Te courtiser en adulateurs dans le clair-obscur serait leur loi sur ta voie, car tes yeux les cernent comme la flotte cerne les îles.

14e jour

Bain de roses,

Au crépuscule de notre étoile, ta voix talonne les amoureux et les invite à la prière devant les multiples facettes de tes verbes, elle hiberne au firmament de leurs songes et éclaire leurs nouvelles voies.

15e jour

Camassia,

Petite lueur de l'aveu, ton avènement dilue la douleur des cœurs sublimés. Les amoureux se reconnaissent en toi, adoptent ta loi et t'intronisent Lumière de leur lumière.

16e jour

Lilas méditerranéen,

Lilas franc de l'inaltérable désir tu érafles l'inerte et le mouvant, l'inaccompli soupir se rend tout blanc devant le miracle de tes sépales.

17e jour

Nuance timide du violet,

Tu es un hymne à la plainte de la flûte qui prescrit l'éveil à tous les bernés vifs. Les matins s'animent dès ton réveil, les étoiles entrent alors en transe et s'évanouissent devant tes innombrables naissances.

18e jour

Heure d'horizon,

À tes côtés et sur tes ailes, l'heure rougit, l'hiver s'adoucit, l'été s'étire aux deux extrémités du regard et la brise sourde dans tous les territoires du cœur. Les nouveaux amoureux escaladent, mains nues, la braise menant au délice de ton souffle.

19e jour

Rêve étendu,

Tu nous entretiens du mirage de tes plages,
une mer sans vagues qui scande tes lettres en
les égrenant et en les répandant tels des pétales
dans l'air, baume à nos espoirs d'amour.

20e jour

Iris du désert,

Ta voix, comme celle d'un ténor, elle pulvérise la roche en entamant le concert de la nuit. Ton nom ternaire dévoilé, telle une volute d'encens, enivre l'assistance dès qu'on le prononce, car son assonance aux cent nuances catalyse l'ascension dans ton amour dès son avènement.

21e jour

Voyage en mer,

Au milieu de l'orage, quand les amoureux t'évoquent la houle se dissipe, la tempête s'assoupit et les vents tombent pour que leur navire vogue à la cadence de tes propres vagues.

22e jour

Fragrance fugitive,

Clair horizon d'un jour estival, tu es là entre la feuille et la rosée. Tu t'en échappes comme des larmes quand elles glissent hors des paupières et se précipitent à voler de leurs propres ailes pour enchanter nos lèvres.

23e jour

Brise de Belize,

Les cœurs t'adorent dans le noir de l'encre et dans le blanc de la page, dans la coulée de l'écrit et dans le cri de la plume quand ils signifient le même éclat d'amour qui est rouge entre tes lèvres, braise emportant souffrances et croyances éternelles.

24e jour

Défense d'Afrique,

Tes épaules nues, émail d'Afrique, en accueillant ta chevelure rappellent à l'assistance les contours de l'agrément aux frontières du songe et convoquent leur sens à comparaître sans délai.

25e jour

Graphite diamantin,

Tu prescris l'endurance au cœur, que son impulsion emprunte les artères de l'Aimée et balise son chemin, car tu es l'effleurement d'une réminiscence d'amour et son effeuillement nocturne.

26e jour

Banderole en l'air,

Comme tes cheveux du soir, juste avant le sommeil, dansent et ondoient avant d'atterrir sur la poitrine des amoureux. La caresse éveillera la nuit de leurs corps, allumera ses étoiles et le manège s'élancera du cœur de leurs enfances.

27e jour

Coucher estival,

Que tes ailes soient légères un coucher après l'autre pour que l'amour naisse toujours vague et sans bords. L'œil, grand ouvert, gardera, alors, figé le mirage de ton reflet sur les yeux de l'Amour.

28e jour

Crépuscule violacé,

Le dimanche annonce le retour imminent de
ton verbe, il captive, à distance, l'assistance.
Son jeu renforce et transporte l'élan des amants
aux limes des sens.

29e jour

Éclosion de lilas,

Ton amour s'approche à petits pas des audacieux qui veillent en fidèles devant ta porte. Ils renient leur loi et désertent leur temple en prévision d'une éclosion finale.

30e jour

Haie de lilas,

Le ciel était très haut et la nuit très sombre dans les rêves de tes amoureux, mais on ne sait par quel miracle ton nom s'est invité dans leurs esprits. La nuit s'illumina, les constellations s'animèrent l'une après l'autre et le ciel, aux couleurs de tes yeux, s'approcha pas à pas de leurs lits pour les bercer dans leur sommeil.

31e jour

Réminiscence,

L'absence de ton silence, une partition omnisciente, elle habite les hauteurs de leurs souvenirs, nourrit leurs réverbères, irrigue leurs artères et ouvre leurs portes et leurs fenêtres sur tes exclamations sonores.

32e jour

Heureuse violette,

Quand sonne le glas et s'ouvre la joute et se croisent les bras, les lèvres entrent en action : ici, le cœur, il réclame le refuge sur les territoires de ta lumière.

33e jour

Pétale d'orchidée,

L'amour, léger ou dense, fugace ou sagace, sévit là où tu passes, régit les allées et venues des flâneurs et des curieux. Il porte au rouge l'esprit de tes amants qui reconnaissent d'un trait le mythe de sa fureur.

34e jour

Littoral,

Ton souvenir passe ses heures creuses sans traverser le temps, rien ne l'atteint ni ne l'abîme comme l'Amour, ses crépuscules comme ses aurores demeurent verts et dorés pour guérir la soif des lèvres qui sèchent à l'air libre.

35e jour

Bordure de lilas,

L'habitude du passé ne tient plus depuis que
tu es apparue dans ta tenue blanche
surprenant le monde dans son sommeil qui,
encore endormi, ne reconnaissait plus
l'alternance du clair et de l'obscur grâce à
l'amour que tu portais.

36e jour

Mer d'été,

Tu es ce paquebot qui n'a pas d'heure, son bâbord comme son tribord, ses cales comme ses cabines sont un manège comme notre demeure, ses bardées comme ses eaux submergent et la gauche et la droite des rives, effacent les repères et ne subsistent éclairant que tes yeux qui guident les plus sensés parmi nous.

37e jour

Féerie,

À ton passage, l'épanchement du cœur, il se tient entre terre et ciel, défiant la pesanteur sous les yeux hagards des spectateurs. Son endurance exhibe la nudité de son corps, car ton regard perce le dur et le mûr, il n'est jamais indifférence.

38e jour

Éveil du printemps,

Depuis la terrasse où tu sirotes le café du matin, tu suscites l'envie de t'approcher, qu'on s'attable à tes côtés, qu'on te parle, qu'on te raconte notre petite vie en aspirant à ton entendement. Telle une étoile, tu crées le manège à ton orbite.

39e jour

Flamme lustrée,

Captifs du vert d'un dimanche matin où la foudre s'élança depuis les cils de ton ciel, elle traversa leurs cœurs et continua sa course, emplie de la sève des amoureux, autour de notre vaisseau pour répandre la vérité de leurs flammes.

40e jour

Pensée du lac,

Ton amour grandit chaque jour davantage dans le cœur de tes spirateurs. L'éploiement de ta nouvelle saison, entre été et printemps, dissipe la brume de leur enroulement à tâtons.

41e jour

Amour de lilas,

Dire que le manifeste de tes va-et-vient d'un jardin à l'autre, épinglant les étoiles dans l'azur, n'est qu'une vision de l'esprit serait taire le tonnerre et voiler l'éclair.

42e jour

Vendanges,

Toujours à l'affût de tes nouvelles, scrutant astres et étoiles, les prétendants espèrent trouver l'annonce de ton lever. Parmi nous des chercheurs, des aventuriers, des marins et des devins astrologues étudiaient le secret de la diffusion de tes arômes. À l'horizon, un sourire furtif se manifesta, une ruée s'ébranla en quête de la suprême pépite.

43e jour

Ciel argenté,

L'homme te regarde et ne te quitte pas des yeux, il jure que tu l'attires, mais il ne voit pas l'aimant, est-ce l'air qui t'entoure et que tu partages avec lui, est-ce la lumière qui t'inonde et qui l'aveugle, est-ce ta révolution qui l'épingle à ton orbite? Il ne le sait, il tourne autour de toi, suppliant la gravité d'alléger son poids pour qu'il retombe dans ton lit.

44e jour

Iris des marais,

La latence de toute chose s'ébranle quand tu apparais, toute la raideur de la chair s'effrite et la rigueur du temps se dilue, les apprentis chanteurs chantent et l'évidence de toute chose se dérobe et l'obscurité de toute adversité se dissipe.

45e jour

Fontaine cristalline,

Elle l'est, malgré elle, la pourvoyeuse des
rations d'amour aux connaisseurs dans la soif,
car nul ne peut égaler la magie de son esprit,
elle émet en continu sons et images qui
désaltèrent la passion des fidèles.

46e jour

Dégel précoce,

Iridescente dès l'apparition de ton croissant
derrière notre étoile, dès ta venue, nos
étendards s'inclinèrent, nos rossignols
chantèrent en chœur. Les portails de la ville
s'ouvrirent, les ports s'illuminèrent et les gares
sifflèrent et régnèrent à jamais l'ordre de
l'amour, sa furie et sa féerie.

47e jour

Embruns,

Brune le soir, blanche de jour, tirant sur le roux comme un champ de blé au crépuscule, tu parles comme une saison estivale. Ta parole avec sa plage au sable fin et ses grains aux multiples scintillements et ses murmures sans vagues, vient s'allonger dans sa retraite au creux du cœur des navigants.

48e jour

Irruption d’automne,

Il revient chassant, depuis quelques jours déjà,
de son territoire tous les retardateurs, et les
perdus, et les éperdus d'un été doux et
amoureux, tous témoins de ton
épanouissement hors saison.

49e jour

Verger du roi,

Quand le songe ressemble à une aurore estivale et le réveil à une floraison printanière, tes fidèles t'invoquent pour que le rêve dure jusqu'aux instants de ton apparition.

50e jour

Flambée et voltige,

Un matin flambé de soleil, l'Amour s'approcha très près du rivage, des hirondelles, de loin, l'annonçaient en donnant du rythme à leurs voltiges. Des plumes et de toutes les sortes sautèrent hors de l'eau et soulevèrent le voile sur l'astre de l'Aimée, l'acclamation s'accéléra et l'affliction s'effilocha.

51e jour

Corail et consonnes,

Deux syllabes se détachent d'une bouche et ton nom s'envole, il emplit l'enceinte de tes admirateurs dans un monde sans tintement de corail, juste la note d'une symphonie qui dévore leur ouïe. Il erre, à présent, libre, dans les eaux de leurs neurones, autour de leurs ongles, se pose sur leurs poitrines pour les élever dans ton adoration.

52e jour

Songe de pétale,

Le songe dont la chair est colorée de ton pigment et dont l'air porte ton parfum habite leurs esprits. Le songe, encore, dont les rivages prodiguent le nectar de la dernière nuit et dont les ruisseaux imitent la course de la lune lorsqu'elle se lève ronde et platine, renonce à son départ.

53e jour

Soupçons de lilas,

Sur le front, les lettres de ton nom en or
pailleté ou en argent feuilleté brillent partout
où la vue des adulateurs se dirige même
quand ils ferment les yeux.

54e jour

Bouquet de lilas,

Tu rayonnes dans l'œil de tes adorateurs une seconde après l’autre. Tu offres comme un été indien la douceur après la fraicheur, les feuilles aux branches encore attachées rougissent à ton passage. Ni légère ni grave tu couvres d’amour les deux pôles de leurs aspirations.

55e jour

Albâtre,

Entre les arbres, loin dans le bois de ta naissance, les visiteurs du temple de ton enfance lisent tes livres. Je suis le voyage de tout érudit et l'oasis de tout assoiffé, l'asile de tout persécuté et le refuge de tous les exilés, car mon duvet est de joie, et mon âtre, d'amour, disais-tu.

56e jour

Rhapsodie d'aubade,

À l'aube incertaine d'un jour sans ciel, elle
vient habillée en bleu pour annoncer la couleur
d'une ère d'amour. Elle se lève dans
l'allégresse d'une fête foraine où les inimitiés
disparaissent d'elles-mêmes et les adversités
de l'heure s'effacent dès leur naissance et où
faims et soifs s'évanouissent grâce à sa lueur.

57e jour

Argile,

Aux sceptiques on raconte : «Oui, elle est faite de cette argile-là, elle ne se meut qu'en présence de la main de l'amant, elle ne dévoile son verbe que si les doigts de cette main le sculptent, que si sa paume le borde comme les prés bordent le fleuve.»

58e jour

Feuille heureuse,

Elle est heureuse comme ces feuilles qui persistent dans le vert même quand l'hiver frappe à la porte de l'automne. Elle est de ce grain à jamais vert pour perpétuer le règne de ses iris sur tous les territoires du cœur son orient comme son horizon.

59e jour

Lettre seule,

Rivière d'amour, tes chuchotements tracent la voie du voyage, ta musique attire les joueurs de flûte et envoûte les puits du ciel pris dans les notes de ton ruissellement.

60e jour

Encre,

Tu es là, dit le plus étourdi des adorateurs, tu es là dans cette encre noire qui coule souveraine élucidant l'hermétique signe de l'amour, créant l'une des plus grandes énigmes de l'homme. Aimer quand tout est feu, aimer encore quand tout est cendre, aimer enfin quand il ne subsiste de l'amour que l'ossature, que la fumée.

61e jour

Perles et temple,

L'amour, la veille de ton arrivée, son temple
tremble, ses perles, prises dans la tempête,
frétillent, ses harpes, effleurées par les vents,
fredonnent ton air préféré, même ses colonnes,
sablées de légende, ne le soutiennent plus.

62e jour

Pensée au vol,

Ton regard quand il daigne se poser sur le feu de nos doutes pénètre nos âmes et leur prodigue de la vaillance à profusion. Il effleure à peine nos craintes d'être emportés par ses courants et les voilà qui s'envolent sans exiger leur dû.

63e jour

Royaume d'encens,

Elle ne se déplace, disait un témoin, que si le destin l'ordonne et ne demeure que si l'amour le désire. Nullement inféodée à l'aléatoire, elle règne sur ses dévoués par le verbe comme si elle tenait les rênes d'un royaume d'encens.

64e jour

Parfum d'horizon,

Ton ombre ou ta silhouette ou ton spectre
comme la brume d'une vallée reste à demeure
et occupe l'esprit de tout voyageur. Viatiques
de tout amoureux sont les paroles de tes yeux
escortant les vents du Sud.

65e jour

Larmes et murmures,

Ta voix, moulée dans le murmure des feuilles
qui rasent l'asphalte à midi, est un remède
naturel à l'exaltation des cœurs, et son
éclatement lacrymal est un baume aux plaies
ouvertes sur les rives de la passion.

66e jour

Lumière d'Orient,

Des lumières qui pourraient inonder plusieurs orients en même temps, par toi émises et par toi reçues, car tu es la source de tout rayonnement.
Les amoureux ne voient dans cette lumière qui te ressemble comme deux échappées d'érable que l'éblouissement de la braise qui les nourrissait.

67e jour

Rivière d'amour,

Épanouie de jour et de soir, été comme hiver, tu ferais danser la lune de minuit quand elle patine et le soleil de midi quand il plombe les marcheurs, et tu ferais chanter les étoiles quand elles peuplent la nuit pour plaire à l'Amour.

68e jour

Ciel diamantin,

Le ciel des cœurs est brumeux, le néant au-dessus est nébuleux, la voie qui mène à l'Amour est momentanément close, disent les nouvelles. Persévérez, affrontez mes tourbillons et mes ouragans, narguais-tu les prétendants, car tu n'es accessible qu'aux plus voyants d'entre nous.

69e jour

Sentier,

L'étincelle d'un vague regard, de tes yeux émise, naïve comme un premier amour, grimpe les lianes des cœurs qui saignent et colmate leurs nombreuses fissures en embrassant leurs fêlures, pansant leurs grandes blessures. Ils marcheront, poitrine nue, pour toi, vers toi et à toi.

70e jour

Orée,

À la fin de l'été, des feuilles couvrent les rues et les trottoirs, et des rouges, et des jaunes, et des vertes pâles et enfin des blanches décharnées, se couchent dans le désordre, exactement éparses pour recouvrir l'ensemble de tes regards éparpillés dans l'arène. L'effloraison sera fertile, elle apaisera les aspirations de tout voyageur en quête du feu perdu.

71e jour

Iris marin,

Dans le blanc lactescent vogue l'amour des profondeurs, l'iris comme une mer d'été enivre les marins et invite les navigateurs à y méditer l'immersion.

72e jour

Le chaos impérial,

L'astre de la nouvelle ère, impérial, il décrète la défense de l'amour jusqu'à nouvel ordre, mais l'Amour toujours rebelle reprit le chemin des sentiers qui montent.

73e jour

Joie et folie,

La joie t'habite et te sied quand tu nous parles d'amour, de la folie qui nous habite et de la fantasia qui nous dévore au seuil de ce flamboyant millénaire !

74e jour

Lettre éployée,

Elle est de ces lettres qui labourent la page,
toujours pleine et ample dans son
épanchement qu'elle affronte le vent ou qu'elle
l'esquive, qu'elle fréquente les grandes voies
ou les petites, elle triomphe, car elle parle
toutes les langues d'amour.

75e jour

Panorama en violet,

La tiédeur et la ferveur comme la beauté et la laideur se rencontrent et s'unissent sur l'une des deux berges du cœur, dans le tourment de l'amour et le tourbillon de la passion, se regardent puis se parlent dos à dos, de l'avers et du revers de ton tableau.

76e jour

Nectar,

Debout, droite comme un peuplier, fendant le ciel en deux sphères bleues, elle calme les foules en déclamant des vers d’amour que l'histoire a retenus : je suis femme et civilisée, car j'ai traversé toutes les époques, les claires et les obscures, de chacune d'elles, j'en ai recueilli l’essence de la passion.

77e jour

Passage,

Te voilà passagère et porteuse de l'idéal humain, l'idéal du penseur et du méditant depuis la création des dieux, tu vins remplir la vacance de l'amour, car les apôtres, las et impatients, quittèrent l’arène.

78e jour

Reflets d'indigo,

Aube fauve au reflet doré d'un astre qui nous illumine sans raison, tu prodigues chaleur, couleur et amour sans compter après une éclipse de trois millénaires.

79e jour

Neptune,

Pareille à la splendeur d'un premier printemps
comme la naissance d'un premier amour tu
règnes sur nous sans royaume et sans peuple,
tu rayonnes sans patrie, car tu habites les
océans du cœur et les oasis du corps.

80e jour

Ciel de Tahiti,

L'Adorée, dans le lit des étoiles endormie, ressemble aux oiseaux lorsqu'ils sourient aux hommes et aux astres quand ils naissent par hasard pour illuminer la nuit de l'amour.

81e jour

Bleuet des moissons,

Ce que les esprits brassent comme espoir de rêver à toi, les plumes le tracent et les langues le répandent et les cuivres le diffusent et les ondes l'amplifient pour qu'il s'inscrive dans notre éveil.

82e jour

Chandelle et caresses,

Quand on s’approche très près de l'Amour le plus brillant de l'univers, son visage tombe entre vos mains et ses joues dans vos paumes, vous auriez, alors, le privilège de la chandelle qui l’éclaire tendrement, et de l’air qui le caresse tout le temps.

83e jour

Chorale,

Quand elle récite les versets des étoiles, elle dévoile la magie des mots, leur danse et leur chant, leur musique et leur grande marche. Elle hante les palais des amoureux, émus et confondus, ils reprennent en chœur ses vers.

84e jour

Ciel des Andes,

Ouragan de jour, volcan de nuit et déluge le reste du temps est ton amour. Il règne sans rien, ni le feu des flambeurs ne l'atteint ni la flamme des mordus ne le touche. Quand le soleil danse, les étoiles s'évanouissent.

85e jour

Flots et flux,

Il suffit que tu fermes les yeux qu'un flot d'amour submerge ton public, dans le flux de l'écrit et le bruissement des arbres. Assis, devant l'œuvre de tes lèvres, de ta langue, à genoux, il te priait et t'adorait, il t'entendait puis t'écoutait et enfin il buvait la moindre insinuation de ta bouche.

86e jour

Braise et flamme,

L'Amour dans son sommeil comme dans son éveil brille sans être le reflet de personne, car elle est la braise et l'éclat de la braise, le feu et la flamme du feu, le scintillement de ce dernier et sa lumière, sa chaleur et son incandescence.

87e jour

Lueur,

Ta lueur, une senteur de lavande et ta chair, une couleur d'ambre, ta beauté, un jardin suspendu autour duquel les secondes s'éternisent, ne s'écoulent pas et ne meurent pas, accomplissant, devant tes amours, le miracle de l'adoration.

88e jour

Rayons et frissons,

T'avoir dans notre champ et te croiser l'œil dans l'œil et te voir tourner dans ton orbite, tu éclaires la voie du cœur qui embarque et te rejoins au vol dans les couleurs d'un siècle finissant et d'un autre naissant plutôt dans les frissons d'un millénaire agonisant et dans les palpitations d'un autre triomphant.

89e jour

Soleil infini,

Au fond du voyage, ton chemin s'étire jusqu'aux frontières de l'infini et au fond du soleil, ton cœur émet en clair, rayonne sans battements : mystère troublant aux yeux de tes proches admirateurs.

90e jour

Traces de sens,

Tout collectionneur s'incline devant ton matin radieux et ton soir joyeux, car tendres ou durs tes regards naissent, grandissent et disparaissent sans laisser d'adresse, cultivent sans semences le secret de nos sens.

91e jour

Souffle de nectar,

Si le papillon continue de survoler nos champs, toute aridité s'évanouira. Que ses ailes soient vertes ou jaunes, il nous exaltera toujours par ses frêles volutes. Il enseigne : le souffle de l'amour qu'il soit lourd ou léger, dense ou frivole, il attire l'œil et nourrit ses couleurs.

92e jour

Écho bleu,

Telle une feuille solitaire, le cœur échouant sur tes récifs, rescapé de deux guerres de phosphore et une bataille de noyaux, l'écho de ta voix résonne encore aux versants de ses deux tours, perpétue le chant : phare à toutes les cécités.

93e jour

Brise et bruissement,

Tu es l'encre et la plume quand elles s'allongent sur le ventre de la feuille : le langage qu'elles créent, révèle le bruissement de ta musique. Le moindre geste est une brise et le moindre son est un arôme, ils élèvent les sens du cœur.

94e jour

Appel tropical,

Ton appel, jamais anodin, quand il se produit, il secoue la flore tapie dans le cœur de tout admirateur et sa faune qui s'anime depuis sa steppe jusqu'à sa jungle tropicale.

95e jour

Rainure d'amour,

De noir vêtu, le visage entièrement nu, d'allure terrienne, ta nuque opalescente telle une colombe annonçant la fin de tous les hivers, l'assistance, enchantée, s'agrippait aux rais de sa diffusion.

96e jour

L'arène et l'ombre,

Au centre de l'arène, seule contre cent à parer
les mille assauts, esquivant les mille coups,
évitant les mille avances, résistante comme un
peuple et pourtant toute seule, tu repoussais
l'ombre au-delà des deux océans.

97e jour

Candeur et espoir,

L'Amour se prononça dans une langue d'émerveillement avisant les prétendants que l'espoir est permis ainsi que le rêve. Par sa propre main, aligna des mots gauchement tracés dans leur ciel, elle submergea d'amour toutes les classes de chasseurs.

98e jour

Braise et chatoiements,

Ce que l'Amour dit et écrit m'appartient. Je suis son créateur et son révélateur, ni le livre ne les accueillera ni l'humain ne les lira. Ainsi, je demeure la braise de son chatoiement et la flamme de son frémissement, le silence de sa forêt et l'obsession de sa passion.

99e jour

Ciel en feu,

L'Amour s'écria malgré l'intrusion du crépuscule : "Par les larmes des chandelles quand elles éclairent le noir de l'esprit et par les armes qui crépitent pour la libre voyelle, je ne cède ni à l'incendie du cœur ni à l'incessant doute de l'âme", puis il s'envola.

100e jour

Parade d'arômes,

L'éclosion avant son heure, de maturité précoce, elle offre couleurs rares et arômes neufs aux adorateurs. Mûres et auréolées, ses ailes la portent sans battre, elle survole la clameur, déclarant d'une voix argentine : « manifestez-vous, ouverte est la parade ».

100 mots d'amour et de lumière

Tu es là, dit le plus étourdi des adorateurs, tu es là dans cette encre noire qui coule souveraine élucidant l'hermétique signe de l'amour, créant l'une des plus grandes énigmes de l'homme. Aimer quand tout est feu, aimer encore quand tout est cendre, aimer enfin quand il ne subsiste de l'amour que l'ossature, que la fumée.

www.ingramcontent.com/pod-product-compliance
Lightning Source LLC
LaVergne TN
LVHW050602160826
845677LV00011B/2434
9782924206065